WHEN WE WERE VERY YOUNG BY A. A. MILNE WITH DECORATIONS BY ERNEST H. SHEPARD

METHUEN & CO. LTD. 36 ESSEX STREET
LONDON W.C.

First Published in 1924

PRINTED IN GREAT BRITAIN

우리가 아주 어렸을 때
WHEN WE WERE VERY YOUNG

앨런 알렉산더 밀른 지음

어니스트 H. 셰퍼드 그림 | 박혜원 옮김

더스토리

크리스토퍼 로빈 밀른에게

아니지,

네가 더 좋아하는 이름으로

빌리 문에게

네 덕분에 탄생한

이 책을

이제

네게 들려줄게.

　나는 처음에(하지만 방금 마음을 바꿨다) 이 시들의 첫 머리마다 짧은 설명글을 달 생각이었다. 시인 윌리엄 워즈워스가 그런 식이었는데, 윌리엄은 자신이 어디에 있는지, 함께 걷는 친구가 누구인지, 무슨 생각을 했는지, 또 언제 시상이 떠오르는지 독자들에게 알려 주고 싶어 했다. 이 책에는 백조에 대한 글이 조금 있다. 책을 계속 읽어 나간다면 백조에 대한 글을 볼 것이다. 나는 아침마다 이 백조에게 먹이를 주는 크리스토퍼 로빈이 백조에게 "푸(Pooh)"라는 이름을 지어준 것을 간단하게 설명했어야 했다. 이 이름은 백조에게 아주 좋은 이름이다. 백조를 불렀는데 오지 않을 때(백조들은 줄곧 그런다), 마치 별 관심이 없어서 "푸" 하고 콧방귀를 뀐 것처럼 굴 수 있기 때문이다. 자, 소 여섯 마리가 매일 오후에 물을 마시러 "푸"의 호수에 온다는 이야기도 했어야 했다. 물론 그 소들은 올 때 "무(Moo)"라고 말한다. 그래서 어느 화창한 날, 나는 친구 크리스토퍼 로빈과 함께 걸으며 생각했다. "무하고 푸는 운율이 맞아! 확실히 거기에서 시 같은 느낌이 나오지?" 뭐, 그러다가 나는 그 호수의 백조를 생각하기 시작했다. 처음에는 그 백조의 이름이 푸라서 참 다행이라고 생각했다. 그러고는 그만 생각하려고 했는데……. 시는 나의 의도와는 전혀 다르게 써졌다. 지금 내가 말할 수 있는 건, 크리스토퍼 로빈이 아니었더라면 그 시를 쓰지 않았으리라는 것뿐이다. 또 다른 모든 시들에 대해서도 마찬가지다. 그래서 이 시들이 한 편인 듯 붙어 있는 것이다. 모두 다 크리스토퍼 로빈의 친구이기 때문에. 그러므로 만약 내가 시 하나를 그 앞의 시와 다르다는 이유로 빼버렸다면, 그 앞의 시 역시도 그다음 시와 다르다는 이유로 빼버릴 수밖에 없는데, 그랬다면 그 시들에게 서운한 일이었을 것이다.

그리고 일러둘 일이 또 있다. 가끔은 이 시들을 말하는 사람이 누구인지 궁금할 것이다. 낯선 사람인데도 흥미가 가지 않는 사람인지, 아니면 크리스토퍼 로빈인지, 그도 아니면 다른 어떤 남자아이나 여자아이인지, 혹은 보모인지, 아니면 **후(Hoo)?**[*] 내가 워즈워스의 방식을 따랐더라면 누구

[*] 누구(who)라는 단어와 발음이 같다. '푸, 무, 후'처럼 발음이 같은 말들로 운율을 재미있게 맞추는 게 이 동시집이 지닌 매력의 하나다.

인지 매번 설명을 달아 놓았을 텐데, 여기선 독자들이 스스로 판단해야 한다. 잘 모르겠다면, 아마도 화자는 "후"일 것이다. 여러분이 후를 만나본 적이 있는지 잘 모르겠는데, 그냥 여느 아이들처럼 호기심이 많을 아이다. 그래서 월요일에는 네 살로 보이는데, 화요일에는 여덟 살처럼 먹고, 토요일에는 스물여덟 살처럼 군다. 그리고 "r" 발음이 되는지 안 되는지도 그날그날 달라진다. 후는 이 시들과 아주 관련이 깊다. 사실 이 책은 크리스토퍼 로빈, 후, 그리고 삽화를 그린 셰퍼드 씨가 각자 독립적으로 썼다. 세 사람은 서로에게 정중하게 "고맙습니다"라고 몇 번이나 말했고, 이제 자신들을 집으로 데려간 독자들에게 그렇게 말한다. "우리를 불러줘서 정말 고맙습니다. 여기 우리가 왔어요."

A. A. M.

Contents

  (이 시는 메리 왕비의 인형의 집 서재에 있는 것을
  특별히 허가를 받아 이 책에 수록했다.)

길모퉁이

길모퉁이,
　　세 갈래 길이 만나는
　　　그곳을 발들이
이리저리 지나가면서 "재잘, 재잘, 재잘."
길모퉁이를 돌아 나오는 건 누구지?
　　한 켤레는 보모의 구두고
　　한 켤레는 퍼시의 슬리퍼네.
　　　재잘! 재잘! 재잘!

버킹엄 궁전

버킹엄 궁전의 근위병들이 교대식을 해요.

크리스토퍼 로빈이 앨리스랑 함께 구경해요.

근위병과 결혼할 앨리스가

"군인으로 사는 건 몹시 고달프단다."

　　　　　　　　　　　　라고 말해요.

버킹엄 궁전의 근위병들이 교대식을 해요.

크리스토퍼 로빈이 앨리스랑 함께 구경해요.

초소에 있는 근위병을 보면서

"딱 한 사람이 근위병들의 양말을 전부 빤단다."

라고 앨리스가 말해요.

버킹엄 궁전의 근위병들이 교대식을 해요.
크리스토퍼 로빈이 앨리스랑 함께 구경해요.
왕이 어딨나 찾았는데, 왕은 안 왔네요.
"뭐, 신은 왕도 돌봐주신단다. 똑같지."

라고 앨리스가 말해요

버킹엄 궁전의 근위병들이 교대식을 해요.
크리스토퍼 로빈이 앨리스랑 함께 구경해요.
안뜰에서 아주 큰 파티가 열렸네요.
"100파운드를 줘도 나는 왕은 안 할 거란다."

라고 앨리스가 말해요

버킹엄 궁전의 근위병들이 교대식을 해요.
크리스토퍼 로빈이 앨리스랑 함께 구경해요.
창으로 얼굴이 빼꼼 내다보는데, 왕이 아니네요.
"왕은 *서명*을 하느라고 너무너무 바쁘단다."

라고 앨리스가 말해요

버킹엄 궁전의 근위병들이 교대식을 해요.

크리스토퍼 로빈이 앨리스랑 함께 구경해요.

"왕이 *나*에 대해서 전부 다 알아요?"

"당연하지, 얘야. 그런데 차 마실 시간이구나."

라고 앨리스가 말해요

행복

존은요,

아주 큰

방수 장화를

신었어요.

존은요,

엄청 큰

방수 모자를

썼고요.

존은요,

무지 큰

매킨토시[*]를

입었죠.

* mackintosh. 고무 섬유로 만든 헐렁하게 맞는 방수 코트다.

그러면

(존의 말대로)

다

됐어요!

이름 짓기

내 작고 귀여운 겨울잠쥐*에게
　어떤 이름을 지어줄까?
눈이 작은데
　꼬리는 거-대-하-쥐.

내가 가끔 '엄청난 존'이라고 부르면
꼬리가 끝도 없이
계속
계속 길어져.
그래서 '엄청난 잭'으로 부르면

---

* dormouse. 생김새는 생쥐인데, 주둥이가 뭉툭하고 꼬리에 털이 수북하다.

꼬리가 등 뒤까지 닿아.

그래서 '엄청난 제임스'라고 부르면

내가 여러 이름으로 불러줘서 좋다고 말해.

하지만 그냥 짐이라고 부를래.

난 겨울잠쥐를 정말 좋아하거든.

강아지와 나

길을 걷다가 아저씨를 만났어.

아저씨와 나는

이야기를 나누었지.

(아저씨가 내 옆을 지날 때)

"어디 가세요, 아저씨?" 하고 물었더니

"마을로 간단다. 빵을 사려고.

나와 같이 갈래?" "아니요. 저는 안 갈래요."

길을 걷다가 말을 만났어.

말과 나는

이야기를 나누었지.

(말이 내 옆을 지나갈 때)

"말아, 오늘 어디 가니?"

"마을로 가지. 건초를 구하려고.

나와 같이 갈래?" "아니, 나는 안 갈래."

길을 걷다가 아주머니를 만났어.

아주머니와 나는

이야기를 나누었지.

(아주머니가 내 옆을 지나갈 때)

"아주머니, 이렇게 일찍 어디 가세요?"

"보리가 필요해서 마을에 간단다.

나와 같이 갈래?" "아니요. 저는 안 갈래요."

길을 걷다가 토끼들을 만났어.

토끼들과 나는

이야기를 나누었지.

(토끼들이 내 옆을 지날 때)

"갈색 털옷을 입고 어딜 가니?"

"마을에 가서 귀리를 얻으려고.

우리와 같이 갈래?" "아니, 난 안 갈래."

길을 걷다가 강아지를 만났어.

강아지와 나는

이야기를 나누었지.

(강아지가 내 옆을 지날 때)

"이렇게 맑고 화창한 날 어디 가니?"

"언덕에 올라가서 뒹굴고 놀 거야."

그래서 내가 말했어. "*나도 갈래, 강아지야.*"

경쾌한 걸음

해님이
사과나무 잎사귀 사이에서 빛나면,
해님이
사과나무 잎사귀 그림자를 만들면,
그러면 나는
풀밭 위를 걸어요.
이 잎사귀에서 저 잎사귀로
형 잎사귀에서 동생 잎사귀로
살–금 살–금!
자, 간다!

네 친구

어니스트는 덩치가 아주 커다란 코끼리야,

　　레너드는 꼬리가 180센티미터나 되는 사자고.

조지는 수염이 노란 염소,

　　그리고 제임스는 아주 작은 달팽이지.

레너드의 집은 아주 크고 튼튼했어.

　　어니스트의 여물통은 두꺼웠고.

조지는 우리로 들어갔는데, 아무래도 잘못 찾은 것 같아.

그리고 제임스는 벽돌 위에 앉았지.

어니스트가 뿌우우 울부짖으며 여물통을 부쉈어.

레너드가 으르렁 포효하니까 집이 뒤흔들렸고.

제임스는 위험에 빠진 달팽이처럼 울어댔는데,

뭐라고 하는지는 하나도 들리지 않았지.

어니스트는 뿌우우 울부짖으며 야단법석을 떨었어.

레너드는 으르렁 포효하면서 걷어차려고 했고.

제임스는 조지의 새 나침반을 들고 여행을 떠나서

간신히 벽돌의 끄트머리에 도착했지.

어니스트는 마음씨가 정말 착한 코끼리였던 거야.[*]

레너드는 용맹한 새 꼬리를 가진 사자였고,

조지는 내가 전에 말했던 것과 똑같은 염소란다.

제임스만 그냥 달팽이일 뿐이지.

* manger(여물통)가 들어간 'a dog in the manger'라는 표현은 심술쟁이(자신은 필요가 없고 남에게는 유용하게 쓰일 어떤 것을 가졌을 때, 절대로 남에게 주지 않는 사람)라는 뜻이다.

금과 칸

런던 거리를 걸을 때면
나는 아주 조심 조심 걸어.
    발을 꼭 칸 안에 디뎌야지,
    안 그러면 곰들이
모두 모퉁이에 숨어 있다가

금을 밟고 다니는 바보들을 잡아먹고는

자기 굴로 돌아가.

그래서 내가 말해.

"곰들아, 봐, 나는 금을 절대 안 밟아!"

그러면 아기 곰들이 서로 으르렁대.
"쟤는 내 거야.
저 멍청이가 금을 밟기만 해봐."
조금 더 큰 곰들은 모퉁이를 돌아 나와
친구를 찾는 시늉을 해.

내가 금을 밟는지 칸을 밟는지
전혀 신경 안 쓰는 척하는 거야.
하지만 바보가 아니고서야 누가 속겠어.
걸음걸이가 너무너무 중요하지.
나는 너무너무 신나서 이렇게 외쳐.
"곰들아, 봐, 난 금을 절대 안 밟지!"

브라우니

침실 모서리에 커다란 커튼이 있어.

그 뒤에 누군가 사는데, 후를 모르겠어.

아무래도 브라우니 같은데, 확실하진 않아.

(유모도 잘 모른대.)

커튼 뒤를 봤는데, 획 – 사라졌어.

브라우니들은 절대로 얌전히 기다렸다가 "안녕하세요?"라고 인사해주지 않아.

순식간에 꼼지락 빠져나가지, 다들 간지럼쟁이거든.

(유모도 브라우니들이 간지럼쟁이라고 했어.)

자립

나는 한 번도, 한 번도, 한 번도 좋아한 적이 없어,

    "조심하렴, 아가!"라는 말.

나는 한 번도, 한 번도, 한 번도 바란 적이 없어,

    "손 잡으렴!"이라는 말.

나는 한 번도, 한 번도, 한 번도 귀담아들은 적이 없지,

    "거기 올라가면 안 돼, 아가!"라는 말.

말해봤자 무슨 소용이야. 사람들은 이해하지 못하는걸.

안락의자

이 의자는 남아메리카,
　　저 의자는 바다에 뜬 배,
그 의자는 거대한 사자가 든 우리,
　　요건 내 의자야.

첫 번째 의자

아마존의 강을 항해할 때
밤에는 배를 멈추고 총을 쏴.
　　충직한 일행들을 부르려고.
원주민들은 삼삼오오
나무들 사이에 조용히 숨어서
　　내가 내리기를 기다려.

그런데 내가 그날따라
누구랑도 놀고 싶지 않으면
　　내가 그냥 손을 흔들어.
그러면 그들은 되돌아가 –
　　그들은 늘 이해해주지.

　　　두 번째 의자

나는야, 우리 안에 있는 커다란 사자.
　가끔 으르렁해서 유모를 겁줬다가
　　유모를 꼬옥 안으면서
　이렇게 말해. 겁내지 마세요 –
그러면 유모는 더 이상 겁내지 않지.

세 번째 의자

나는 배 안에 서서
　　다른 배들의 항해를 지켜봐.
높은 배가 내 옆을 지나칠 때
　　한 선원이 몸을 내밀어 소리쳐.
그는 바다 저끝에서 나를 향해 몸을 기울였고
　　그의 외침은 바람소리를 뚫고 들려와.
"이 길이 *세.계.일.주.* 길이오?"
　　선원은 내 옆을 지나며 외치지.

네 번째 의자

나는 이 높은 의자에 앉아

　　밥을 먹고, 빵을 먹고, 차를 마실 때마다

이게 *내* 의자고

　　난 지금 세 살배기 아기인 척한단다.

남아메리카로 떠날까?

　　바다에 배를 띄울까?

우리로 들어가서 사자와 호랑이가 될까?

　　아니면 – 그냥 내가 될까?

시장 광장

1페니가 생겼어요.

반짝반짝 새 동전 1페니.

그래서 1페니를 들고 갔죠,

　　시장으로.

토끼를 가지고 싶었거든요.

작은 갈색 토끼를.

그래서 토끼를 찾아 나섰죠,

　　여기저기로.

향기로운 라벤더를 파는 가판대에 갔어요.

("라벤더 한 다발이 단돈 1페니!")

"여기 토끼도 있나요? 전 필요 없어서요,

　　라벤더는."

　　하지만 토끼는 한 마리도 없었어요,

　　거기 어디에도.

1페니가 있었어요.

그리고 1페니가 더 생겼어요.

그래서 2페니를 들고 갔죠,

　　시장으로.

토끼를 정말 가지고 싶었거든요.

작은 아기 토끼를.

그래서 토끼를 찾아 나섰죠,

　　여기저기로.

싱싱한 고등어를 파는 가판대에 갔어요.

(*자, 자, 갓 잡은 고등어가 2펜스!*)

"여기 토끼도 있나요? 전 안 좋아해서요,

　고등어는."

　　하지만 토끼는 한 마리도 없었어요,

　　거기 어디에도.

6펜스를 발견했어요.

작고 하얀 6펜스짜리 은화.

그래서 은화를 손에 쥐고 갔죠,

    시장으로.

토끼를 살 거예요.

(난 토끼가 정말 좋아요.)

그래서 내 토끼를 찾아 헤맸죠.

    여기저기로.

이번에는 튼튼한 냄비를 파는 가판대로 갔어요.

(*"어서 오세요, 어서 오세요. 냄비 하나에 6펜스!"*)

"여기 토끼도 있나요? 우리 집에 두 개나 있는걸요,

  냄비는."

    하지만 토끼는 한 마리도 없었어요,

      거기 어디에도.

나는 무일푼이었어요.

그러니까, 한 푼도 없었다고요.

그래서 가지 않았죠,

　　시장으로.

그 대신 공원으로 갔어요.

황금빛으로 물든 공원으로.

그런데 거기에 작은 토끼들이 있는 거예요,

　　여기저기에!

이런, 튼튼한 냄비를 파는 사람들이 안됐어요.

싱싱한 고등어를 파는 사람들도 안됐고요.

향긋한 라벤더를 파는 사람들도 안됐어요.

　　그 사람들은 토끼가 한 마리도 없잖아요,

　　거기 어디에도.

수선화

노란 햇빛 가리개 모자를 쓰고
　　무지무지 초록빛의 드레스를 입고
남쪽 바람을 향해서
　　까닥까닥 인사해요.
해님을 향해서
　　노란 머리를 흔드네요.
그러고는 이웃에게 소곤대요.
　　"겨울이 끝났어요."

수련

수련이

한들한들

잔물결에 흔들리는데

잎 위에 한가로이 누워 있는 '호수 왕'의 딸.

실바람이 그녀를 흔드네요.

누가 와서 그녀를 데려가겠는가?

저요! 저요!

조용하라! 조용히!

잎 위에서 쿨쿨 잠든 호수 왕의 딸……

그때 바람이 휘잉

수련에게 불어와요.

친절한 바람이 그녀를 깨우네요.

그럼 누가 그녀를 데려가겠는가?

그녀가 웃음을 터뜨리며 미끄럼틀처럼

수련을 타고 내려와요.

잠깐! 잠깐만요!

늦었어. 너무 늦었어요!

수련만이 홀로

한들한들

참방참방

물결을 어루만지네요.

말 안 듣기

제임스 제임스
모리슨 모리슨
웨더비 조지 듀프리는
지극정성으로
어머니를 모셨어.
고작 세 살인
제임스 제임스가
어머니에게 말했어.
"어머니." 그러고는 또
"마을 끝까지는 절대로 가지 마세요.
저와 함께 가는 게 아니라면요."

제임스 제임스

모리슨의 어머니가

금색 드레스를 입더니

제임스 제임스

모리슨의 어머니가

마을 끝까지 차를 몰고 갔어.

제임스 제임스

모리슨의 어머니는

혼잣말로 중얼거렸지.

"난 마을 끝까지 한달음에 갔다가

차 마실 시간까지는 돌아올 수 있으니까."

존 왕이

공고문을 붙였어.

"실종 또는 납치 또는 길을 잃음!

제임스 제임스

모리슨의 모친이

길을 잃은 것으로 보임.

마지막 목격자가

멍하니 돌아다니고 있었다고 말함.

모친은 스스로

마을 끝까지 가려고 했음— 보상금 40실링."

제임스 제임스

모리슨 모리슨이

(다들 짐이라고 부르지)

다른 친척들에게

말했어.

나를 탓하지 마세요.

제임스 제임스는

어머니에게 말했다고요.

"어머니" 그러고는 또

"나랑 의논하지 않고 마을 끝까지 내려가시면
　　절대로 안 돼요."

제임스 제임스
모리슨의 어머니는
그 뒤로 소식이 없었어.
존 왕은
유감이라고 말했고
왕비와 왕자도 같은 마음이랬지.
존 왕이
(나도 누구한테 들었는데)
한 지인에게 말했대.

“사람들이 마을 끝까지 간다면, 뭐,

　　누군들 어떻게 할 수 있겠어?”

(여기서부터는 아주 나직이)

　　제 제

　　모 모

　　웨 조 듀는

　　지극정성으로

　　어**를 모셨어

　　고작 세 살인

　　제 제가

　　어**에게 말했지

　　“어**.” 그러고는 또

“마을 끝까지 가시면 절대 안 된다고요.

　　저와 함께 가는 게 아니라면 말이에요!”

봄날 아침

내가 어디로 가는 거지? 잘 모르겠네.
저 아래 개울에 미나리아재비가 자라고
저 아래 언덕에 소나무가 바람에 너울대는데
어딜까, 어딜까, 난 모르겠어.

내가 어디로 가는 거지? 구름이 흘러가네.

작은 아기 구름들이 하늘 위로 둥둥.

내가 어디로 가는 거지? 그림자들도 지나가네.

작은 아기 구름들 그림자가 풀밭 위로 사르르.

만약 네가 구름이 되어, 저 위를 흘러간다면,

하늘처럼 파란 물 위를 지나가다가

여기 들판에 앉아 있는 나를 보고 말하겠지.

"오늘 하늘이 푸르지 않니?"

내가 어디로 가는 거지? 까마귀 떼가 깍깍 외쳐.

"태어나길 참 잘했어."

내가 어디로 가는 거지? 산비둘기들이 구구 울어.

"우린 아름다운 일들을 할 거야."

만약 네가 새가 되어, 높은 곳에 산다면,

바람이 불면 바람에 기대면서

널 싣고 가는 바람에게 말하겠지.

"그곳이 내가 오늘 가려던 곳이야!"

내가 어디로 가는 거지? 잘 모르겠네.

사람들이 어디로 가든 무슨 상관이야?

저 아래 숲속에 블루벨 꽃이 피었는데.

어딜까, 어딜까, 난 모르겠어.

섬

나에게 배가 있다면,

내 배를 타고

내 배를 타고

동쪽 바다를 항해할 거야.

해변에 닿으면 느린 파도가 천둥처럼—

초록색으로 굽이치다 부서져 하얀 조각처럼—

우르릉! 쏴! 철썩!

햇빛이 반짝이는 모래사장에 떨어지겠지.

그러면 난 배에서 내려

가파른 흰 백사장을 올라갈래.

그리고 나무들도 오를 거야.

여섯 그루의 검은 나무들,

초록 왕관을 쓰고 벼랑에 솟아 있는 코코넛 나무들

두 손과 두 무릎으로

코코넛 나무를 감싸고

돌멩이가 후두두 떨어지는 벼랑을 마주보며

위로, 위로, 위로, 비틀비틀, 더듬더듬,

바위가 허물어지는 모퉁이를 돌아

이 등줄기를 돌아

이 돌덩이를 넘어

저 꼭대기, 여섯 그루의 나무가 서 있는 곳으로……

거기서 쉬다가, 눕다가,

두 손으로 턱을 괴고, 바라볼 거야.

저 아래 눈부신 모래사장을,

천천히 굽이치는 초록빛 파도를,

저 멀리 회청색 물안개로 피어오르며

바다가 하늘로 올라가는 곳을……

그러고는 나른하게 바다를 내려다보며 중얼거릴 거야.

"세상에 아무도 없네. 저 세상이 모두 날 위해 있어."

세 마리 아기 여우

옛날 옛적에 아기 여우 세 마리가 살았어요.
아기 여우들은 내복도 안 입고, 양말도 안 신었는데
코를 풀 손수건은 모두 가지고 있었지요.
그 손수건을 종이 상자에 넣어 두었답니다.

아기 여우들은 숲속의 작은 집 세 채에서 살았어요.
아기 여우들은 외투도 안 입고, 바지도 안 입고서
맨발로 숲속을 뛰어다녔지요.
생쥐 가족과 함께 "술래잡기" 놀이도 했답니다.

아기 여우들은 시내의 상점들로 가지 않고
숲속 나무들 사이에서 필요한 걸 잡았어요.
다 함께 낚시를 나가서 벌레 세 마리를 잡았고
사냥을 나가서는 말벌 세 마리를 잡았답니다.

아기 여우들은 풍물 장터에 갔다가 모두 상품을 탔어요.

자두 푸딩 세 개와 고기 파이 세 개.

코끼리 등도 타고 그네도 타고요.

코코넛 쏘기 대회에서 코코넛 세 개를 명중시켰답니다.

여기까지가 내가 아는 아기 여우 세 마리 이야기에요.

그 여우들은 손수건을 골판지 상자에 넣어 두었고요.

숲속에 있는 세 채의 작은 집에서 살았지요.

하지만 여우들은 외투도 입지 않고, 바지도 입지 않고

내복도 입지 않고, 양말도 신지 않았답니다.

공손함

사람들이 인사하면

난 항상 이렇게 말해요.

"안녕하세요. 저는 잘 지내요. 고맙습니다."

사람들이 인사하면

난 항상 이렇게 대답해요.

"잘 지내요. 고맙습니다. 안녕하시죠?"

항상 이렇게 대답하고

항상 이렇게 인사해요.

사람들이

공손하게 물어주니까요……

하지만 가끔은

　　　속으로는

　　　　　사람들이 그러지 않으면 좋겠어요.

조나단 조

조나단 조 아저씨는

입이 "ㅇ"처럼 생겼어요.

그리고 신기한 것들로 꽉 찬 손수레를 끌지요.

야구 방망이나

그런 비슷한 것들을 달라고 하면

크든 작든 다 있다니까요.

공을 찾아도
문제없어요.
아니, 많이 찾을수록 좋지요.
굴렁쇠랑 팽이랑
멈추지 않는 시계랑
사탕이랑 스카치테리어 강아지도 있다니까요.

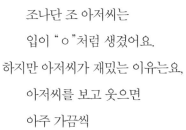

조나단 조 아저씨는
입이 "ㅇ"처럼 생겼어요.
하지만 아저씨가 재밌는 이유는요,
아저씨를 보고 웃으면
아주 가끔씩
절대로 돈을 받지 않으시거든요!

동물원에서

사자랑 으르렁하는 호랑이, 또 거대한 낙타 등등이 있지.

들소랑—물소랑—산소가 있고, 날개가 달린 엄청 큰 곰도
　있어.

꼬맹이 하마랑 꼬맹이 코—뿔소 같은 것도 있어.

하지만 나는 동물원에 가면 코끼리한테 빵을 줘!

오소리랑―사소리랑―삼소리가 있고, 관리인 사무소도 있어.

염소 떼랑 북극곰이랑, 여러 종류의 쥐도 있어.

그리고 왈라부―라는 것도 있을 거야.

하지만 *나*는 동물원에 가면 코끼리한테 빵을 줘.

들소는 말을 걸어도 하나도 못 알아들어,

밍고*와는 악수하면 안 돼. 밍고―는 악수를 좋아하지 않아.

사자와 으르렁하는 호랑이들은 "안녕하세요―" 인사를 *질색해*.

하지만 *나*는 동물원에 가면 코끼리한테 빵을 줘!

* 밍고(mingo)는 빨간통돔과 비슷한 종류의 물고기다.

우유죽

메리 제인이 도대체 *왜* 이럴까?
온 힘을 다해 울고 있네.
저녁도 먹지 않고서— 또 우유죽인데—
메리 제인이 *뭐*가 속상한 걸까?

메리 제인이 도대체 *왜* 이럴까?

인형도 주고 데이지 화환도 만들어 주고

동물 그림책도 주겠다고 약속했는데— 다 소용없네—

메리 제인이 *뭐*가 속상한 걸까?

메리 제인이 도대체 *왜* 이럴까?

아주 건강한데. 아픈 데가 하나도 없다구.

그런데, 봐, 또 시작이잖아—!

메리 제인이 *뭐*가 속상한 걸까?

메리 제인이 도대체 *왜* 이럴까?

사탕도 주고 기차도 태워 주겠다고 약속하면서

잠깐 울음을 그치고 이야기해 달라고 사정했어.

메리 제인이 *뭐*가 속상한 걸까?

메리 제인이 도대체 왜 이럴까?

아주 건강한데. 아픈 데가 하나도 없다구.

게다가 오늘 저녁도 근사한 우유죽인데—!

메리 제인이 *뭐*가 속상한 걸까?

잃어버렸어요

누구 내 쥐 봤어요?

아주 잠깐 열었어요.

상자 안에 정말로 쥐가 있는지 확인만 하려고요.

그래서 보고 있는데, 쥐가 튀어 나갔어요!

잡으려고 했죠. 정말로 잡으려고 했는데……

아무래도 집 안 어딘가에 있을 것 같아요.

누구 내 쥐 봤어요?

존 삼촌, 내 쥐 봤어요?

그냥 작은 쥐예요. 작고 귀여운 갈색 쥐요.

시골 쥐예요, 도시 쥐가 아니라고요.

그러니 런던 거리에서 얼마나 막막할까요?

아니, 먹을 거라도 찾을 수 있을까요?

분명히 어딘가 있어요. 로즈 이모에게 물어봐야겠어요.

이모, 코가 찡긋 쫑긋한 내 쥐를 보셨어요?

오, 이 근방에서……

방금 도망쳤는데……

누구 내 쥐 못 봤어요?

왕의 아침 식사

왕이

왕비에게 청해서

왕비가

우유 짜는 시녀에게 청하길

"왕께서 빵에 발라 드실

버터를 가져다 주겠는가?"

왕비가

우유 짜는 시녀에게 청해서

우유 짜는 시녀가

대답하길 "그럼요.

제가 당장 가서
말할게요,
젖소가
잠들기 전에요."

우유 짜는 시녀가
공손히 허리를 숙이더니
나가서는
젖소에게 말했지.
"잊지 말고 왕께서 빵에 발라 드실
버터를 만들어야 한다."

젖소는
졸려서 하품하며 말하길

"차라리 폐하께
전하세요.
요즘은 많은 백성들이
마멀레이드를
더 좋아한다고."

우유 짜는 시녀가 말하길
"세상에!"
그러고는
왕비한테 가서
절을 하고
살짝 얼굴을 붉히며
"황공하오나,
여왕 폐하.
무례하옵게도
한 말씀 올린다면,
마멀레이드가 맛있답니다.
마멀레이드는 아주
걸쭉한
잼이지만요."

왕비가 말하길

"오!"

그러고는

왕에게 가서

"왕께서 빵에 발라 드실

버터에 대해 이야기해 보니,

많은 사람이

마멀레이드가

더 낫다고

한답니다.

마멀레이드를

대신

드셔 보시겠습니까?"

왕이 말하길

"아, 귀찮아!"

그러고는 다시 말하길

"오, 이것 참!"

왕은 흐느껴 울면서 "오, 세상에!"

그러고는 다시 침대로 가서는
훌쩍이면서
"아무도
내 식성이
까다롭다고 말할 수 없어.
난 그저
빵에 바를
버터를
조금 원할 뿐인데!"

왕비가 말하길
"저런, 저런!"
그러고는
우유 짜는 시녀에게 갔어.
우유 짜는 시녀가 말하길
"저런, 저런!"
그러고는 외양간으로 갔어.
젖소가 말하길
"저런, 저런!
내 말은

그런 뜻이 아니었어.
자, 여기 왕의 잔에 따를 우유와
빵에 바를 버터야."

왕비가
버터를 받아
왕에게
가져갔어.
왕이 말하길
"버터라고?"
그러고는 침대에서 튀어 나왔어.

"아무도"

다정하게

왕비에게 입을 맞추며

"어느 누구도"

왕이 난간을

미끄러져 내려오며

"여보,

아무도

내게 식성이

까다롭다고 할 수 없소.

다만

난 빵에 버터를 조금 발라 먹는 게 정말 좋단 말이오!"

깡충깡충

크리스토퍼 로빈이 가면서
깡충깡충

깡충깡충 뛰어.
그만 뛰라고
점잖게 타이를 때마다
크리스토퍼는 도저히 멈출 수가 없대.

깡충거리기를 멈추면,
    아무 데도 갈 수 없다고.
가여운 크리스토퍼는
아무 데도 못 가.
그래서 크리스토퍼는 늘
깡충깡충
깡충
깡충
뛰어.

집에서

병정이 있으면 좋겠어요.

(버즈비 모자를 쓴 병정이요.)

병정이 와서 나랑 놀아주면 좋겠어요.

그러면 크림 케이크를 줄래요.

(큰 케이크랑 달콤한 케이크요.)

크림 케이크랑, 차에 넣을 크림도 줄래요.

병정이 있으면 좋겠어요.

(키가 크고 빨간 제복의 병정이요.)

병정이 드럼을 치면 좋겠어요.

아빠에게 드럼이 생기거든요.

(아빠가 상점 점원에게 편지했어요.)

상점 직원이 오면 아빠에게 드럼이 생길 거예요.

집이 아닌 집

어떤 집에 들어갔는데, 집이 아니에요.

　　큰 계단과 엄청 큰 거실이 있는데

정원이 없어요.

　　　　정원이……

　　　　정원이……

　　그러면 전혀 집 같지 않지요.

어떤 집에 들어갔는데, 집이 아니에요.

큰 정원과 엄청 높은 벽이 있는데
산사나무가 없어요.

산사나무가……

산사나무가……

그러면 전혀 집 같지 않지요.

어떤 집에 들어갔는데, 집이 아니에요.

산사나무의 하얀 꽃잎들이 천천히 떨어지는데
검은새가 없어요.

검은새가……

검은새가……

그러면 전혀 집 같지 않지요.

어떤 집에 들어갔는데, 집인 것 같아요.

산사나무에서 검은새 울음소리가 들렸거든요.
하지만 아무도 그 소리를 듣지 않네요.

아무도……

좋아하지 않아……

아무도 그 집을 원하지 않아요.

여름 오후

여섯 마리 황소가 물을 마시러 내려와요.

　　(작은 물고기들이 모두 하루살이를 향해 물거품을 쏴요.)

첨벙, 호숫가에 제일 먼저 도착한 황소에게 물이 튀고

　　휘익, 뒤따르는 다섯 마리가 꼬리를 흔들어요……

열두 마리 황소가 호숫가에서 고개 숙여 물을 마셔요.

　　(작은 물고기들이 꼬리야 날 살려라 하며 흩어져요.)

여섯은 물속에서, 또 여섯은 물 밖에서.

　　짙은 남빛의 제비들이 강을 오르락내리락 휙 내달려요.

겨울잠쥐와 의사

옛날에 겨울잠쥐가 살았어요.

델피늄(파랑)과 제라늄(빨강) 꽃밭에서요.

겨울잠쥐의 눈앞에는 하루 종일

제라늄(빨강)과 델피늄(파랑)의 멋진 광경이 펼쳐졌죠.

의사가 서둘러 돌아오더니 말했어요.

"쯧쯧, 이렇게 꽃밭에 누워 있다니 안됐군.

'아흔아홉'이라고 말해 보게. 내가 가슴을 진찰할 테
니……

크리샌더뮴(노랑과 하양)*이 최고의 답인 걸 모르겠나?"

겨울잠쥐는 주변을 둘러보며 대답했어요.

("아흔아홉"이라고 말하고 나서) 노력하고 또 노력했는데

아는 답들이 제라늄(빨강)과 델피늄(파랑)뿐이라고요.

의사는 얼굴을 찡그리고 고개를 가로저었어요.

그리고 반짝거리는 실크 모자를 집어 들며

"이 환자에게 필요한 건 변화로군"이라고 말하고는

크리샌더뮴(노랑과 하양)이 있는 켄트로 떠났어요.

* geranium(쥐손이풀), delphinium(제비고깔), chrysanthemum(국화)의 운율을
살리기 위해서 꽃이름을 번역하지 않았습니다.

겨울잠쥐는 그 자리에 누워서 가만히
제라늄(빨강)과 델피늄(파랑)이 핀 풍경을 바라보았어요.
그러고는 깨달았죠. 자신이 원하는 건
제라늄(빨강)과 델피늄(파랑) 말고는 없다는 걸요.

의사가 돌아왔어요. 자신이 한 말을 증명하려는 듯이
켄트에서 꺾은 크리샌더뮴(노랑과 하양)을 아주 많이 들
　　고요.
"자, 이것들이 제라늄(빨강)과 델피늄(파랑)보다
보기에 훨씬 더 좋을 걸세."

사람들이 삽을 들고
델피늄(파랑)과 제라늄(빨강) 꽃밭을 파헤쳤어요.
그리고 크리샌더뮴(노랑과 하양)을 심었죠.
의사가 말했어요. "이제 자네는 금방 괜찮아질 거네."

겨울잠쥐는 밖을 내다보고 한숨을 쉬었어요.
"이 사람들이 나보다 잘 알겠지.
내가 바보였나 봐. 그래도 난
제라늄(빨강)과 델피늄(파랑)의 풍경이 정말 좋았어."

의사가 돌아와 겨울잠쥐의 가슴을 진찰하고는
영양식과 보약과 휴식을 처방했어요.
의사는 체온계를 흔들면서 말했어요.
"이 크리샌더뮴(노랑과 하양)들을 보고 있으면 효과가 확
　　나타난다고!"

겨울잠쥐는 끝없이 펼쳐지는 크리샌더뮴(노랑과 하양)을
보고 싶지 않아 돌아앉았어요. 그리고
생각했죠. '다시 델피늄(파랑)과 제라늄(빨강) 꽃밭이 되면
얼마나 좋을까.'

의사가 말했어요. "쯧! 저게 또 문제로군!"

그러고는 우유를 마시고 등 안마를 받으라고 했어요.

걱정은 다 떨쳐버리고, 자동차를 타고 달리라고도 했죠.

그러면서 중얼거렸지요. "자네의 크리샌더뮴(노랑과 하양)

꽃밭이 참으로 아름답군!"

겨울잠쥐는 자리에 누워 앞발로 눈을 가렸어요.

그리고 깜짝 놀랄 만큼 즐거운 상상을 했어요.

"크리샌더뮴(노랑과 하양) 꽃밭이 델피늄(파랑)과 제라늄
(빨강) 꽃밭으로

바뀌었다고 생각하자!"

다음 날 아침 의사는 손을 비비면서 말했어요.

"이런 경우를 제대로 아는 사람은

나뿐이야! 치료 효과가 나타나기 시작했어!

햇빛 아래 크리샌더뮴(노랑과 하양)들이 참으로 싱싱해 보
이는군!"

겨울잠쥐는 행복하게 누워 있었어요. 눈을 꼭 감고요.
크리샌더뮴라고는 노랑도 하양도 볼 수 없었지요.
겨울잠쥐가 머릿속으로 생각하고 있는 것은
온통 델피늄(파랑)과 제라늄(빨강)이었으니까요.

그 덕분이래요.(에밀리 아주머니 말로는요.)
겨울잠쥐가 크리샌더뮴 꽃밭에 살게 되었는데도
(에밀리 아주머니가 그러시는데)
앞발로 눈을 덮고 잠을 푹 잘 수 있는 이유가 말이에요.

구두와 스타킹

산속 동굴에서 할아버지들이 만났어요.

(쿵쿵, 꽝꽝, 쿵쿵……

쿵쿵, 꽝꽝, 쿵쿵……)

할아버지들은 공주님의 금색 슬리퍼를 만들어요.

(쿵쿵, 꽝꽝, 쿵쿵……

쿵쿵, 꽝꽝, 쿵쿵……)

공주님이 그녀만의 충직한 기사와 결혼한다네.

하얀 드레스를 입고, 하얀 면사포를 쓰고.

하지만 앙증맞은 발에 꼭 맞는 슬리퍼가 필요하지.

쿵쿵, 꽝꽝, 쿵쿵……

쿵쿵……

강가 작은 오두막에서 할머니들이 만났어요.

(재잘, 조잘, 재잘……

재잘, 조잘, 재잘……)

할머니들은 공주님 발에 신을 금색 스타킹을 짜요.

(재잘, 조잘, 재잘……

재잘, 조잘, 재잘……)

공주님이 그녀만의 충실한 남자와 결혼한다네.

세상이 시작된 이래 청춘들이

줄곧 그러하였듯.

하지만 앙증맞은 발에는

스타킹을 신어야지.

재잘, 조잘, 재잘……

재잘……

발가락 사이의 모래

아우성치는 바다에 왔어.

크리스토퍼와 함께.

보모가 각각 6펜스씩 줬거든.

그래서 해변으로 왔지.

모래가 눈과 귀와 코에 들어갔어.

머리카락이랑, 발가락 사이에도 묻었고.

시원한 북서풍이 불 때마다

크리스토퍼는 까끌까끌

발가락 사이의 모래를 느꼈대.

바다는 잿빛과 흰빛으로 질주하고 있었어.

크리스토퍼는 6펜스를 꼭 움켜쥐었지.

우리는 툭 솟아오른 모래 언덕 위로 기어올랐어.

크리스토퍼가 내 손을 잡더라.

모래가 눈과 귀와 코에 들어갔어.

머리카락이랑, 발가락 사이에도 묻었지.

시원한 북서풍이 불 때마다

크리스토퍼는 까끌까끌

발가락 사이의 모래를 느꼈대.

하늘에서 울부짖는 소리가 들렸어.

갈매기들은 바람을 맞으며 울어댔고.

우리는 이야기를 나누려 했지만, 소리를 질러야만 했지.

거기엔 우리밖에 없었어.

집에 돌아왔을 때, 모래가 우리 머리가락에,
눈과 귀와 몸 여기저기에 묻어 있었어.
시원한 북서풍이 불 때마다
크리스토퍼는 까끌까끌
발가락 사이에서 모래를 느껴.

기사와 숙녀

내 옛날 그림책에서

내가 좋아하는 그림이 있어.

기사들과 그 종자들이 말을 타고

시골 마을의 가파른 자갈길을 달려 내려와.

숙녀들은 처마 밑 다락방 창밖으로

자신의 용사에게 손수건을 흔들거나

자랑스레 미소 지으며 서약의 증표들을 던지고.

그러나 그때는 중세시대였어.

지금은 일어나지 않지.

그래도 언덕을 올려다볼 때마다

초록과 파랑보다 더 검게

전나무가 짝 지어 행렬을 이루는데

궁금해져. 어쩌면 내 눈앞에

불쑥 빛나는 기사가 나타나
파랑에서 초록으로 구불구불 달려가지 않을까.
아주, 아주 오래전
꼭 그러했을 것처럼……

어쩌면 그러겠지. 아무도 모를 일이니.

꼬마 보핍과 파란 옷의 소년

"꼬마 보핍,
네 양들을 어떻게 했니?
　　보핍,
네 양들을 어떻게 한 거야?"
"파란 옷의 소년아, 정말 재밌어!
양들을 잃어버렸어. 몽땅 다!"
"오, 정말 대단한 일을 벌였구나,
　　꼬마 보핍!"

"파란 옷의 소년아,
네 양들을 어떻게 했니?
　　파란 소년,
네 양들을 어떻게 한 거야?"
"꼬마 보핍, 내 양들이
사라졌어. 내가 잠든 사이에."
"정말 안됐구나,
　　파란 옷의 소년아."

"꼬마 보핍,
어떻게 할 거니?
　　보핍,
어떻게 할 거야?"
"파란 옷의 소년아, 두고 봐.
양들은 모두 차를 마시러 돌아올 거야."
"내 생각에는 오지 않을 것 같아,
　　꼬마 보핍."

"파란 옷의 소년아,
어떻게 할 거니?
　　파란 소년,
어떻게 할 거야?"
"꼬마 보핍, 나는
뿔피리를 한 시간 동안 불 거야."
"그건 너무 더디지 않을까,
　　파란 옷의 소년아?"

"꼬마 보핍,
넌 누구와 결혼할 거니?
　　보핍,
넌 누구와 결혼할 거야?"
"파란 옷의 소년아, 파란 소년,
나는 너와 결혼하고 싶어."
"나도 그러고 싶어,
　　꼬마 보핍."

"파란 옷의 소년아,
우리 어디서 살까?
　　파란 소년,
우리 어디서 살아?"
"꼬마 보핍, 보핍,
언덕 위에서 양들과 함께 살지."
"그럼 꼬마 보핍을 사랑해 줄 거지,
　　파란 옷의 소년아?"

"꼬마 보핍,
너를 영원히 사랑할 거야.
　　보핍,
너를 영원히 사랑할 거야."
"내 사랑, 파란 옷의 소년아,
내 곁에 있어. 내게 꼭 붙어 있어."
"나는 언제나 여기 있을 거야,
　　꼬마 보핍."

거울

수풀 사이사이로

오후가 황홀한 금빛으로 떨어진다.

태양이 고요한 하늘에서 내려다보면

고요한 물이 있고

    풀들이 말없이 서로에게 몸을 기댄다.

그리고 거기에 하얀 백조가

호수에 또 다른 하얀 백조를 만들었다.

가슴과 가슴을 맞댄 두 백조는 움직임 없이

바람의 손길을 기다렸다……

    그리고 물은 오롯이 평온했다.

중간에서

나는 계단을 반쯤 내려와서
이 계단에
앉아.
이 계단은
다른 데와는
전혀
달라.
바닥도 아니고
꼭대기도 아니지.
그래서 이 계단에서
나는 항상
멈춰.

계단을 반쯤 올라오면
위도 아니고
아래도 아니야.
놀이방도 아니고
마을도 아니야.

온갖 재미있는 생각들이
머릿속을 돌아다녀.
"여기는
아무 데도 아니야!
어디
다른 데야!"

침입자들

숲속 여기저기에 무심히
노란 앵초 무더기가 피었고
하얀 아네모네가 소복이
나무에 휘부는 눈보라처럼
제비꽃을 뒤덮었지만,
블루벨은 한층 더 푸른빛을 발한다.

노란 앵초 무더기가 여기저기 피었고
양탄자를 깐 듯 좁다란 길을 따라
암소들이 천천히 하나둘
자신의 그림자와 태양 사이를 천천히 걷는다

이른 아침 공기를 마시고는
훨씬 더 달콤한 숨을 내쉰다.

하나둘, 목적에만 열중하며
질서정연한 정적 속으로
걸어 들어가서…… 사라졌다.

하지만 작은 숲은 온통 고요했다.
마치, 주목나무 근거지에서 검은새가
느긋한 행진을 감시하다가
마침내 노란 부리를 들고
행렬이 지나갔다고 휘파람을 불 때를
기다렸던 것처럼……
그러고는 온 숲이
봄을 기다리는 아침의 찬가를 부르기 시작했다.

차를 마시기 전

에멀린이

사라진 지

일주일이 넘었어. 잔디밭 끝

키 큰 나무 두 그루 사이로 미끄러졌거든.

우리는 모두 그녀를 찾아헤맸지. "에멀린!"

"에멀린,

그게 아니라,

그냥 네 손이 깨끗하지 않다고 말했을 뿐이야."

우리는 잔디밭 끝에 서 있는 나무를 향해 갔지만……

에멀린은

보이지 않았어.

에멀린이

오다가 미끄러져 넘어졌어,

풀밭 끝의 커다란 두 나무 사이에서.

우리는 모두 달려갔지. "에멀린!

어디 있었어?

어디 갔었어?

아니, 일주일도 더 지났잖아!" 그러자 에멀린이 말했어

"바보들, 난 여왕님을 만나고 왔어.

여왕님이 내 손이 *지.똑.히.* 깨끗하대!"

테디 베어

곰돌이는 아무리 노력해도
운동을 못 하니까 오동통해져.
우리 테디 베어도 키가 작고 뚱뚱해.
놀랄 일도 아니야.
할 수 있는 운동은
오토만 의자에서 떨어지기인데,
다시 기어 올라갈 힘은
없는 것 같거든.

오동통한 테디를 보면
친구들은 놀랐어.
테디는 걱정이 많았어.
자기가 좀 뚱뚱해서 말이야.
테디는 생각했어. '날씬하면 얼마나 좋을까!
하지만 그건 어떻게 시작하는 거야?'
테디는 생각했지. '정말 억울해.
난 운동과 산책을 싫어하지 않는단 말이야.'

몇 주 동안이나 테디는 괜스레

유리창에 코를 납작 찌부러뜨리고

원하지 않은 몸무게를 덜어 내려고

산책하는 사람들을 부러워했어.

그런데 "나만큼이나 뚱뚱해!"

(라고 말할 사람이) 아무도 없었어.

그래서, 좀 더 땅이 꺼져라 한숨을 쉬며

(말하기를) "내 말은, 나만 이렇게 뚱뚱해!"

이제 테디는, 당연히

밤에 오토만 의자에서 잠을 잤어.

테디 주변을 일일이 다 말할 수 없을 만큼

많은 동물들이 에워싸서 북적였어.

동물들뿐 아니라, 책하고 물건들도,

그러니까 착한 친척들이 가져다줄 법한,

"옛날 옛날에"로 시작하는 동화책과

시로 다시 쓴 역사 이야기 같은 책들도.

어느 날 밤, 테디는 우연히

옛날 그림책을 슬쩍 보았는데

그 안에는 마침

프랑스 왕의 그림이 보였어.

(땅딸막한 남자였는데) 그 아래에 이렇게 적혀 있었지.

"국왕 루이 아무개, 별명은 '미남왕'이다."

아! 테디는 주저앉았어.

아니 (생각해 봐!) 이 남자는 뚱뚱했잖아!

우리 곰돌이는 기뻐서

이 유명한 왕에 관한 이야기는 뭐든 읽고 싶었어.

별명은 *"미남왕이다."*

그 남자는 확실히 뚱뚱했어.

별명이 *"미남왕이다."* 맞아,

그 남자는 분명히 땅딸막했어.

그렇다면, 곰돌이도 (몸통이 꿀단지 모양이지만)

"미남곰돌이" 별명을 가질 수 있잖아!

"별명을 가질 수 있지." 아니면

그 옛날이라야 "가질 수 있었을까?"

이제 테디는 슬쩍 불안해졌어.

"루이 아무개 씨는 아직 살아 있나?

아름다움을 보는 눈은

하루하루 달라지거든.

'미남왕 루이'는 아직 살아 있을까?

속상하게 까먹었네."

다음날 아침 (코를 유리창에 납작 찌부러뜨리고)

다시 궁금해졌어.

똑같은 의문이 머릿속을 쿵쿵 두드렸거든.

"그 남자는 살아 있을까, 죽었을까?"

그래서, 창문에 코를 납작 찌부러뜨리고, 곰곰이 생각
했지.

그런데 격자무늬 창이 꼭 닫히지 않아서

활짝 열렸어. "앗!" 외마디 비명을 지르며

우리 테디가 아래로 뚝 떨어졌어.

마침 그 앞을 지나가던

통통하고 눈이 반짝반짝한 남자가

길가에 떨어진 테디를 보고

점잖게 일으켜 세웠어.

그리고 친절하게 귓속말로

다정한 위로와 응원의 말을 속닥거렸어.

"이런, 이런!" "내가 도와주겠네!" "미안해할 것 없어."

"쯧쯧! 된통 넘어졌군."

우리 테디는 한마디도 대답하지 않았는데
그 남자는 뭘 들었다는 걸까?
우리 곰돌이는 그저 보고만 있었는데
어, 그림책에 나왔던 땅딸막한 남자잖아!
그 "미남" 왕이, 이 사람,
이 비대한 남자일까?
곰돌이는 생각했어. '그럴 리 없어. 그래도
물어봐서 나쁠 거 없지. 물어봐야겠어!'

"저, 혹시,
프랑스의 국왕폐하이신가요?"
남자가 대답했어. "그렇다네."
남자는 꼿꼿하게 고개를 숙이고 모자를 벗더니
점잔 빼며 말했지. "실례지만
그대는 에드워드 베어 씨인가?"
그러자 테디가 허리를 꾸벅 숙이며
정중하게 대답했어. "말씀하신 대로입니다!"

둘은 창문 아래 서 있었어.

왕과 에드워드 베어 씨 말이야.

약간 뚱뚱하지만 미남인 왕이

무심히 이런저런 이야기를 했고……

그러다가 폐하께서 "이런, 이런

나는 가야겠네"라고 하더니 짝 박수를 쳤어.

"곰돌이 경, 잘 지내게!" 왕은 미소를 짓고는

돌아서 가던 길로 걸어갔지.

곰돌이는 아무리 노력해도

운동을 못 하니까 오동통해져.

우리 테디 베어도 키가 작고 뚱뚱해.

놀랄 일도 아니지.

하지만 날씬하지 않다고

테디가 걱정할 것 같아?

아니, 그 반대야.

테디는 키가 작고 뚱뚱한 걸 자랑스러워 해.

나쁜 브라이언 보타니 경

브라이언 경은 엄청나게 큰 손잡이가 달린 커다란 도끼가
  있었어.
그는 마을 사람들 사이를 오가며 머리를 내리쳤어.
수요일과 토요일에, 그러나 대개는 토요일에
오두막마다 들러서 한다는 말이 이거야.

  "나는 브라이언 경이다!" (딸랑)

  "나는 브라이언 경이다!" (똑-똑)

  "나는 사자처럼 용맹한 브라이언 경이다.

  이거 받아라! 맛이 어떠냐! 받아라!"

브라이언 경은 커다란 박차가 달린 부츠를 신고 있었어.

그가 특히 좋아하는 전투화였지.

화요일과 금요일에는, 그냥 거리를 깔끔하게 만들려고

지나가는 마을 사람들을 모아 연못으로 걸어찼어.

　　"나는 브라이언 경이다!" (첨-벙)

　　"나는 브라이언 경이다!" (참-방!)

　　"나는 사자처럼 용맹한 브라이언 경이다.

　　누구 씻을 사람 더 없나?"

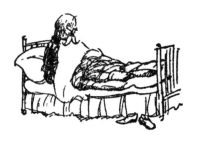

브라이언 경이 어느 날 아침 일어났는데, 도끼가 보이지
　　　않았어.

그는 다른 부츠를 신고 마을로 걸어 들어갔어.

백 걸음을 걸어가니 거리에 사람들이 가득했어.

마을 사람들이 야유 같은 거수경례를 하며 모여들었어.

"당신은 브라이언 경이군요? 과연!
당신이 브라이언 경이지요? 저런, 저런!
당신은 사자처럼 용맹한 브라이언 경이잖아요.
여기서 만나다니 반갑네요!"

브라이언 경이 발걸음을 돌렸는데, 그만 개구리밥 무더기
에 빠진 거야.

마을 사람들이 브라이언 경을 꺼내 물을 말리고, 머리를
내리쳤어.
사람들은 그의 바짓가랑이를 잡고 도랑에 내던졌지.

그리고 폭포 아래로 밀치고는, 한다는 말이 이거야.

"당신은 브라이언 경이오. 웃지 마오.
당신은 브라이언 경이다. 울지 마오.
당신은 사자처럼 용맹한 브라이언 경이잖소.
브라이언 경, 사자여, 잘 가시오!"

브라이언 경은 간신히 집으로 돌아와 도끼를 토막 냈어.
브라이언 경은 전투화를 가져와 불에다 집어던졌어.
그는 이제 완전히 다른 사람이 되어, 박차도 달지 않았어.
그리고 마을을 다닐 때는 보타니 씨로 행세하지.

"내가 브라이언 경이라고? 오, *아니오!*
내가 브라이언 경이라고? 그게 누구요?
이 몸은 작위 같은 건 없소. 나는 보타니요.
평범한 보타니 씨요."

유행

사자는 꼬리가 있어. 아주 멋진 꼬리가.

코끼리도 있고, 고래도 있고,

악어도 있고, 메추라기도 있고,

　　다들 꼬리가 있는데, 나만 없어.

내게 6펜스가 있다면 꼬리를 하나 사겠어.

가게에 가서 말할 거야. "한번 달아 볼게요."

코끼리에게 말할 거야. "이건 내 거야."

　　모두 나를 보러 오겠지.

그러면 사자에게 말할 거야. "아, 너 꼬리가 있구나!
코끼리도 있고, 고래도 있고,
봐! 악어야! 악어도 꼬리가 있구나!
　　너희 모두 나처럼 꼬리가 있구나!"

연금술사

거리 맨 꼭대기에 한 노인이 살았어요.

노인은 턱수염이 발끝에 닿도록 길었지요.

나는 그를 간절히 만나고 싶었지요.

　　들자 하니 아주 재미있는 사람 같아서요.

글쎄, 온종일 자신이 키우는 얼룩고양이에게 말을 걸고

이것저것 묻고 설명한다잖아요.

밤에는 (잠들지 않으려고) 정신이 말똥말똥해지는 커다

　　란 모자를 쓰고서

　글쓰기 방에 앉아 글을 쓰고요.

한평생 일을 했고 (지금은 꼬부랑 노인이에요.)
놀라운 주문도 외웠어요. "짠, 보아라!
놀이방 난로망아, 황금으로 변해라!" 그러면 황금이 돼요!

　(불쏘시개나 커튼 봉이 변하기도 했어요.)
하지만 노인이 완전히 능숙하진 않았어요.
주문을 외우기 전에 뿌렸던 액체 탓일 수도 있겠네요.
그래서 노인은 아직도 밤마다 연습해요.

　주문이 완벽해질 때까지.

어른

나는 어른처럼 신발 끈을 묶는 구두도 있고
반바지와 멜빵도 있어요.
나는 경주를 할 준비가 다 되었어요.
　　　나랑 같이 나갈 사람?

나는 멋진 새 멜빵도 있고
새 갈색 끈을 묶은 구두도 있어요.
나는 물장구치기 좋은 멋진 곳을 알아요.
　　　나랑 같이 나갈 사람?

아침마다 나는 새로이 감사 기도를 해요.

"하나님, 감사합니다. 멋진 멜빵을 주셔서요.

새 갈색 끈을 주셔서요."

나랑 같이 나갈 사람?

내가 왕이라면

내가 왕이라면 좋겠어.
뭐든지 할 수 있잖아.

내가 스페인의 왕이라면
비가 올 때 모자를 벗을 거야.

내가 프랑스의 왕이라면
고모들이 아무리 성화를 해도 머리를 빗지 않겠어.

내가 그리스의 왕이라면
벽난로 선반에 있는 물건들을 다 쓸어버려야지.

내가 노르웨이의 왕이라면
코끼리한테 같이 살자고 해볼게.

내가 바빌론의 왕이라면
장갑 단추를 채우지 않을 거야.

내가 팀벅투의 왕이었더라면
근사한 할 일들을 생각해내겠지.

내가 무언가의 왕이라면
병사들에게 말할 거야. "나는 왕이다!"

저녁 기도

어린 소년이 침대 발치에 무릎을 꿇고 앉는다.
작은 손 위를 금발 머리카락이 덮는다.
쉿! 쉿! 누가 감히 소곤대는 거야!
크리스토퍼 로빈이 기도하고 있잖아.

엄마에게 신의 은총이 함께하길. 나도 알아요.
오늘 밤 목욕은 정말 재미있지 않았어요?

찬 물은 너무 차고 뜨거운 물은 너무 뜨거웠어요.
아! *아빠에게도 신의 은총이 함께하길.* 깜박 잊었네요.

손가락 사이를 살짝 벌리면
문 앞에 유모의 잠옷 가운이 보여요.
참 예쁜 파란색인데 모자는 안 달렸지요.
참! 유모에게도 신의 은혜와 사랑이 함께하길.

내 잠옷엔 모자가 있어요. 침대에 누워서
머리 위로 모자를 뒤집어쓰고
눈을 감고는 몸을 조그맣게 웅크리면
내가 거기 있다는 걸 아무도 모를걸요.

오! 하나님, 감사합니다. 즐거운 하루를 주셔서요.

그리고 또 무슨 말을 해야 하더라?

"아빠에게 은총이 함께하기를"이라고 말했는데, 그게
뭘까?

참! 이제 생각났네. 나에게 하느님의 은총이 함께하길.

어린 소년이 침대 발치에 무릎을 꿇고 앉는다.

작은 손 위를 금발 머리카락이 덮는다.

쉿! 쉿! 누가 감히 소곤대는 거야!

크리스토퍼 로빈이 기도하고 있잖아.

1882년   앨런 알렉산더 밀른은 영국 런던에서 태어났다.

1890년~ 어렸을 때, H. G. 웰즈에게 가르침을 받아 큰 영향을 받았다.
         공립학교 웨스트민스터 및 케임브리지대학교 트리니티칼리
         지에서 교육을 받았다.

1903년   케임브리지대학교 트리니티칼리지를 졸업했다.

1906년   학생 시절부터 학내 잡지에 시나 수필을 투고했으며, 대학 시
         절 영국의 유머 잡지 《펀치》에 투고해, 편집 조수가 되었고
         이후 작가로 독립하였다. 후에 《펀치》지 편집부의 일원이 되
         어, 해학적인 시와 기발한 평론들을 썼다.

1913년   도로시 다핀 드 셀린코트와 결혼했다.

1919년   제1차 세계대전 후에는 풍자적이고 해학적인 작품을 쓰는
         작가로 널리 알려지게 되었으며, 희곡 《핌씨 지나가시다》를
         집필했다.

1920년   그의 아들인 크리스토퍼 로빈 밀른이 태어났다.

1921년   《블레이즈의 진실》을 집필했다.

1922년   《도버 가도》를 집필했으며, 《붉은 저택의 비밀》이라는 소설
         도 집필했는데 이는 불안감과 긴장감을 살리면서도 유머러
         스하게 사건이 전개되는 작품으로 그의 유일한 장편 추리소
         설이다.

1924년   《우리가 아주 어렸을 때》를 출간했다.

1926년   크리스토퍼 로빈의 동물 인형인 곰돌이 푸, 회색 당나귀, 캥
         거와 아기 루, 아기 돼지 등을 모두 의인화시켜 익살스럽

고 유쾌하게 풀어낸 공상 동화인 《곰돌이 푸(Winnie-the-Pooh)》를 출간했다.

1927년 《우린 이제 여섯 살이야》를 출간했다.

1928년 《푸 모퉁이에 있는 집》을 출간했다.

1929년 무대 공연을 위해 아동 명작인 케네스 그레이엄의 《The Wind in the Willows》를 《Toad of Toad Hall》로 각색했고 10년 뒤 자서전 《It's Too Late Now》를 집필, 출간했다.

1930년 《마이클과 메리》(1930) 등과 같은 몇 편의 가벼운 희극으로 상당한 성공을 거두었다.

1956년 1월 74세로 세상을 떠났다.

옮긴이 박혜원

심리학을 전공했고, 현재는 전문번역가로 활동 중이다. 《퀸 (40주년 공식 컬렉션)》, 《브라이언 메이 레드 스페셜》, 《곰돌이 푸1 : 위니 더 푸》, 《곰돌이 푸2 : 푸 모퉁이에 있는 집》, 《빨강 머리 앤》, 《에이번리의 앤》, 《레드먼드의 앤》, 《이매지닝 앤》, 《소공녀 세라》, 《엄마 찾아 삼만리》, 《시크릿 가든》 등을 번역했다.

우리가 아주 어렸을 때
1924년 오리지널 초판본 표지디자인

초판 1쇄 펴낸 날 2024년 1월 31일

지 은 이   앨런 알렉산더 밀른
그 린 이   어니스트 하워드 셰퍼드
옮 긴 이   박혜원
펴 낸 이   장영재
펴 낸 곳   (주)미르북컴퍼니
자 회 사   더스토리
전   화   02)3141-4421
팩   스   0505-333-4428
등   록   2012년 3월 16일 (제313-2012-81호)
주   소   서울시 마포구 성미산로32길 12, 2층 (우 03983)
E - mail   sanhonjinju@naver.com
카   페   cafe.naver.com/mirbookcompany